제주 포구이야기

제주 포구이야기

ⓒ 포구원정대, 2024

초판 1쇄 발행 2024년 2월 12일

지은이   포구원정대
펴낸이   이기봉
편집   좋은땅 편집팀
펴낸곳   도서출판 좋은땅
주소   서울특별시 마포구 양화로12길 26 지월드빌딩 (서교동 395-7)
전화   02)374-8616~7
팩스   02)374-8614
이메일   gworldbook@naver.com
홈페이지   www.g-world.co.kr

ISBN   979-11-388-2763-8 (03810)

제주 포구탐사대원들이 알려주는 아름다운 포토에세이

제주 포구이야기

포구원정대 지음

좋은땅

《제주 포구이야기-서쪽 편》은 제주문화예술재단에서 지원한 첫 문화 예술활동의 일환으로, 제주도에 살고 있는 아이들 5명과 주양육자 5명이 포구원정대원이 되어 진행한 다양한 예술활동을 책으로 엮어 보았습니다. 제주도 서쪽 편에 위치한 아름다운 포구 4곳을 탐사하고, 이와 관련된 다양한 이야기와 볼거리를 때로는 아이들의 눈으로, 때로는 어른들의 눈으로 재미있게 구성하였습니다.

모든 활동은 아이들과 양육자가 함께 계획하고 진행하였으며, 사진활동을 시작으로 시, 그림, 기행, 이야기 등 다양한 예술활동을 접목하여 포구를 소개합니다.

참여한 양육자들은 보호자의 역할이 아닌 예술활동의 주체자로 잊고 있었던 본인의 정체성을 찾고, 아이들에게는 창작활동을 편안하게 유도하고 이를 함께 만들어 나가면서 예술활동을 쉽게 접할 수 있는 계기를 마련하였습니다. 활동을 통한 창작물인 도서수익금은 예술 또는 환경단체에 기부하여 자연스럽게 사회 구성원의 일원으로 기여할 수 있는 계기를 마련할 것입니다.

이 책은 총 5장으로 구성되어 있습니다.

1장은 제주 포구마을의 특징을 소개하고, 2장은 신도포구, 3장은 월령포구, 4장은 대평포구, 5장은 용수포구에 대한 내용을 담고 있습니다.

책의 주요 내용은 포구의 아름다운 자연경관과 소박한 삶의 모습, 아이들과 양육자가 함께 진행한 다양한 예술활동, 또 이를 통해 느낀 감정과 생각 등을 포함하고 있습니다.

만든 사람들

· **기획자** : 강민우, 권미리
· **사진, 글, 그림, 시** : 장혜령, 진현율, 최지원, 이한비, 문서인, 정현정, 박종현, 김현희, 정다은
· **특강** : 전민걸
· **사진작가** : 배근호

목차

서문 • 4

1장 / 제주 포구마을의 특징 • 7

2장 / 신도포구 – 기행 • 11
비치코밍(정화활동), 돌고래 탐험, 벽화 그리기, 해루질, 그림 그리기, 시 쓰기 활동

3장 / 월령포구 – 사생활동 • 19
제주 4.3 피해자 무명천 할머니 집을 방문, 4.3의 아픔을 기리고 아름다운 포구 일대를 그림으로 표현

4장 / 대평포구 – 사진동화 • 47
주변 촬영한 사진을 끝말잇기 형태로 카드를 제시 후 이야기를 동화로 만들어 가는 작업

5장 / 용수포구 – 여행 • 65
김대건 신부 기념관 방문, 용수포구 요트를 타고 차귀도 지질탐사와 유래를 들으며 포구 일대에 대한 느낌을 시와 그림으로 표현

제주 포구마을의 특징

제주도는 화산섬으로 이루어져 있어 해안선이 단조롭고 암초가 많아 배를 정박할 만한 포구를 확보하기가 어려웠습니다. 이로 인해 제주의 포구는 산발적으로 분포하게 되었고, 약 180여 개의 포구가 있었으나, 현재는 약 100여 개만 남아 있습니다.

어업 인구의 감소로 어선들은 서부두, 한림항 등 대형 항구 위주로 편중되고 있고, 마을의 포구는 어선과 레저용 보트 등이 함께 정박하며, 한가롭고 아름다운 자연경관을 연출합니다.

제주도의 포구는 대부분 작고 아담합니다. 이는 포구를 확보하기가 어려웠던 지형적 특성 때문입니다. 제주도의 주민들은 농경과 어로활동을 생업으로 삼았기 때문에 포구는 배를 정박하고 어로 도구를 보관하는 용도로 사용되었으며, 교역의 통로로 이용되어 왔습니다. 또한 포구는 식수, 농업용수, 목욕수, 목재와 석재의 수송, 그리고 관광객들의 접근로로 주민들의 생활에도 중요한 역할을 하고 있습니다.

제주도의 포구는 주민들의 삶과 밀접하게 연관되어 있으며, 제주도의 자연환경과 문화를 반영하고 있기 때문에 역사적으로 연구할 가치가 있고, 제주의 문화를 이해하는 데 중요한 역할을 합니다. 최근에는 마을에서 포구를 정비하고, 문화마을로 거듭나는 곳도 많이 있습니다.

제주의 포구에서 문화를 즐기고, 역사도 알아 가는 다양한 경험과 추억을 쌓아 가는 포구원정대는 계속됩니다.

9

2장

신도포구 – 기행

#신도포구 #제주돌고래 #남방큰돌고래 #우영우촬영지 #노을해안로

신도포구 탐사 스토리

신도포구는 돌고래 포인트로 유명한 곳입니다. 인기 드라마에서 돌고 래를 만나는 곳으로 유명해진 이곳은 돌고래뿐만 아니라 노을이 예쁘기 로도 유명합니다.

제주의 노을해안로에 위치한 이곳에서 우리는 비치코밍을 하며 돌고래 를 기다리기로 했습니다. 돌고래를 만나지 못할 수도 있기 때문에 다른 포구활동보다 더 오랜 시간 이곳에 머무르며 기다릴 계획으로 여러 프로 그램을 구상하고 모였습니다.

그런데 어여쁜 돌고래가 시작부 터 꺅꺅 소리를 내주었습니다. 돌 고래도 우릴 반겨 주는 듯 포구활 동을 하는 몇 시간 동안 두 번이나 얼굴을 보여 주었습니다. 고맙다, 돌고래야~

신도포구에서는 돌고래와 만난 이야기, 재미있는 활동들을 탐사대 원들의 사진과 일기로 함께 소개합 니다.

오늘은 돌고래를 볼 수 있는 신도포구에 갔다.

부모조와 아이들조로 나누어 활동하기로 결정.

아이들이 해변에서 비치코밍을
하는 동안 어른들은 포구의 넓은
공간에 분필로 제주와 관련된 밑그
림을 그렸다.

쓰레기를 줍는데 바다 주변보다 바닷속의 쓰레기가 더 많았다. 바닷속
에 있는 쓰레기는 손이 닿지 않는 위험한 곳에 있어 줍지 못했다. 안타까
움을 뒤로하고 지나칠 수밖에 없었다.

쓰레기를 주우며 돌고래가 나타나기를 기다렸다. 작업을 시작한 지 15분도 채 지나지 않아 우리에게 돌고래가 찾아와 감사의 마음을 전했다.

돌고래를 항상 볼 수 있는 건 아니기에 오늘은 만날 수 있을지 걱정했는데 너무 빨리 나타나 주어 놀랍기도 했고, 반갑기도 했다.

정화활동을 마치고 정화활동 시간 동안 부모님들이 그려 놓은 밑그림
에 색을 더하였다.

엄마들의 그림은 동심이었다.

모든 활동은 포구탐사대가 같이 하는 공동작업!

아이들은 부모님이 분필로 그린 그림을 본 적은 없었지만 틀린 사람 한
명도 없이 엄마의 그림이 어떤 그림인지 단번에 맞추며 그림으로 교감했다.

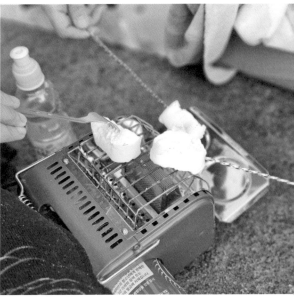

  그림 그리기를 끝내고 신도포구의 유래가 전해져 내려오는 도구리로 가서 해루질을 하며, 보말과 바다 생물을 채집해 보고, 포구활동을 정리하였다.

  신도포구에 있는 작은 정자에서 맛있는 삼겹살과 볶음밥, 라면, 마시멜로와 쫀드기까지 배터지게 먹었다. 정말 맛있었다.
  포구탐사대원들은 마치 오랫동안 만나 왔던 친구들처럼 가까워졌고, 우리의 추억이, 우리의 역사가 하나 더해졌다.

〈신도 포구만의 느낌, 돌고래의 느낌, 그림의 느낌〉

물에 들어가지 않아도
느낄 수 있다
포구의 느낌을
돌고래가 느끼는 걸
느낄 수 있다
처음 본 그림이지만
누구 그린 그림인지
느낄 수 있다
돌고래와 같이 교감할 수 있는…
신도 포구만의 느낌

글 최지원 / 그림 문서인

3장

월령포구 - 사생활동

#월령포구 #진아영할머니 #4.3사건 #선인장군락지 #무명천할머니

#천연기념물제429호 #이국적인제주 #햇살좋은날

월령포구 탐사 스토리

　월령포구는 제주의 아름다운 풍경 중에서도 으뜸으로 이국적인 곳이 었습니다. 국내 유일한 천연기념물 제429호 선인장 군락지와 아기자기 한 마을길까지 뭐 하나 특별하지 않은 곳이 없었습니다.

　마을길을 함께 걷다 보니 눈에 들어오는 소박한 집이 있었습니다. 4.3 사건으로 총탄을 맞아 아래턱을 잃고 평생을 하얀 무명천으로 턱을 감싼 채 고된 삶을 살다 가신 진아영 할머니의 집터였습니다. 포구원정대원들 은 이곳에 잠시 들러 할머니를 기억하는 시간을 가졌습니다.

　또 월령포구는 4.3사건 당시 청년들이 산으로 올라가는 것을 방지하기 위해 마을의 향장을 지내셨던 어른이 이 일대를 청년들 손으로 일일이 쌓 도록 하였다는 역사적인 가치도 가지고 있습니다.

　제주하면 빠질 수 없는 4.3사건의 가슴 아픈 역사를 다시 한번 생각해 보는 시간이었습니다.

　햇살 가득한 날 월령마을과 포구를 천천히 둘러보고, 어른들은 사진으 로 아이들은 그림으로 자유롭게 추억을 새겨 보았습니다. 또 어른들이 찍 은 사진에 탐사대원 모두가 함께 한 문장으로 글귀를 적어 보았습니다.

　볼 것도, 놀 것도, 생각할 것도 많았던 월령포구에서 우리는 또 하나의 역사를 만들어 갑니다.

걸어서 월령 속으로…

　무명천 할머니. 그녀에게도 꽃 같은 젊음이 있었겠지. 오늘이 가장 젊은 날, 신나게 살아 보자.

문어 한 마리 사갑써, 양?

거기 누구 있신디?

4.3의 흔적

그림 진현율

4.3 사태의 피해를 안고 살아오신 무명천 할머니의 아픔을 함께하며…

할머니, 이제는 편안히 계시죠?

으흠… 그렇군…

바다로 가는 길.

등대 같은 '풍차'.

그림같이 펼쳐진 파노라마를 다시 나만의 그림으로.

정자에서 바라본 바다.
그림 이한비

4.3을 겪고 이 풍경이 되다.

그림 최지원

고향의 바람이 불어오는 곳.
그림 문서인

습한 선인장의 집.

장혜령

시원하고 포근한 바람을 쐬면 마음이 포근해진다.

선인장의 날카로운 느낌보다 따스하고 포근한 느낌.

어디서 왔는지? 그리고 이곳에 정착해서 자리잡은 선인장들… 서로 의지한 외로움.

따가운 햇살을 막아주는 고마운 그늘.

너는 어디서 왔니? 정말 멕시코?

뾰족뾰족 선인장 사이에 사랑스럽게 피어난 들꽃… 들꽃처럼 예쁘고
강인하게 살아가 볼까?

소라가 만들어 놓은 붉은 보석밥.

잔잔한 바다지만 깊은 곳… 사람의 마음 같다.

10월의 어느 멋진 날~ "물놀이야~"

- 월령포구 내 해수욕장

4장

대평포구 - 사진동화

#좀녀 #용왕난드르 #무장애올레길 #박수기정 #단산

#대평포구 #해녀공연장

대평포구 탐사 스토리

비가 오락가락하는 흐린 날, 탐사대원들은 대평포구를 찾았습니다.

도착하자마자 우릴 반겨 주는 기막힌 절경 '박수기정'.

병풍처럼 펼쳐진 해안절벽 박수기정의 웅대한 모습에 "날씨 따위 뭣이 중헌디!" 하며 벅찬 마음으로 탐사를 시작했습니다.

제주 올레 9코스의 시작 점인 동시에 8코스의 종착점인 대평포구는 현재 낚싯배나 작은 어선이 정박하는 포구로 이용되고 있지만, 고려 시대 때는 원이 제주에 탐라 총괄부를 두어 강점하면서 제주마(馬)를 송출하는 포구로 이용되기도 했다고 합니다. 용암이 굳어져 만들어진 넓은 지대로 이루어져 '대평(大坪)'이라 칭하던 이곳은 과거에 '용왕난드르'라 불렸으며 '난드르'는 '넓은 들'이라는 의미의 제주 방언으로 용왕의 아들이 살았던 넓은 들판을 말한다고 합니다. 지금도 제주 사람들은 대평을 '난드르'라 부르고 있답니다.

포구탐사대원들은 직접 돌을 쌓아 작은 포구를 만들어 보고, 마을을 돌며 찍은 사진을 바탕으로 함께 이야기를 엮어 스토리도 만들어 보았습니다.

처음엔 '이야기를 어떻게 만들어야 하지?' 하며 시작했던 스토리가 하나하나 더해져 많은 것들이 쏟아져 나왔습니다. 이것이 공동작업의 묘미인가 봅니다.

대평리 마을에 접어들어 박수기정이 멀리 보이는 메밀밭을 지나고…

계단을 천천히 내려와…

대평포구와 대평리에 대해 잘 알고 계시는 한 마을 분을 만났습니다.

마을 분은 휠체어를 타고 계셨습니다.

포구 주변의 올레 8코스는 휠체어로도 이동이 가능해 보였습니다.

그분은 예전에 좀녀였다고 하셨습니다. (좀녀는 제주도 방언으로 해녀)

옛날 이 마을에는 어부활동으로 남편을 잃은 좀녀들이 많았습니다.

좀녀 이야기는 바다와 육지가 만나는 포구에서 시작되었습니다.

55

좀녀는 과거 본인의 젊은 모습을 떠올리며 현재 휠체어에 앉은 자신의
모습에 슬퍼했습니다.

좀녀는 젊은 시절 바다에서 채취한 수산물로 생계를 이어 가며 자식을
훌륭하게 키웠다고 하였습니다.

좀녀들의 젊음은 돌 사이에서 반짝이는 씨글라스 같았습니다.

파도에 깎여 둥글고 빛나는 바다 유리처럼 좀녀의 삶도 빛났습니다.

좀녀가 말하길, 대평포구는 옛날에 '용왕난드르'라 불렸다고 합니다.

좀녀는 용왕난드르의 전설에 대해 이야기했습니다.

용왕의 아들이 마을에 학식이 높은 스승에게 학문을 배우게 되었는데, 서당 근처에 창고내라는 냇물이 밤낮없이 흘러 물소리가 시끄러웠고, 늘 공부에 방해가 되었고, 그런 환경에서 3년간의 글공부를 마친 용왕의 아들이 스승의 은혜에 보답하기 위해 소원 하나를 말하라고 했더니 냇물의 물소리가 너무 시끄러워 그 소리를 없애 달라고 했다고 합니다.

이에 박수기정과 군산오름을 방음벽으로 만들어 주었다는 이야기가 전해져 내려오고 있었습니다.

그래서인지 좀녀의 아들처럼 이 지역에 훌륭한 사람들이 많이 나왔다고 합니다.

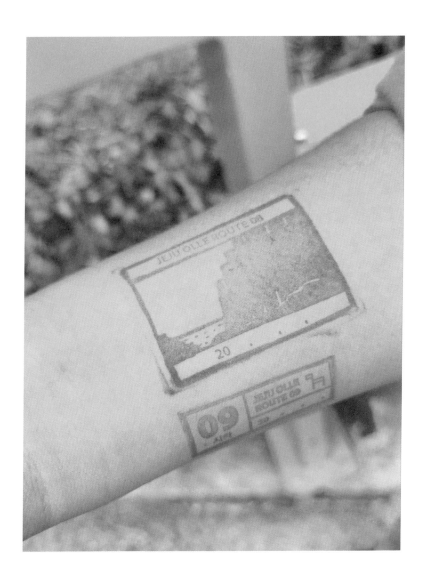

　올레 9코스의 스탬프를 찍어 가면 용왕의 아들처럼 영특한 사람이 된다는 이야기에 탐사대원들 또한 박수기정 스탬프를 새겨 박수기정 전설에 나오는 용왕 아들의 기운을 받아 갑니다.

그리고 박수기정 아래 몽돌 해수욕장에서 용왕님의 정기도 받아 갑니다.

63

5장

용수포구 - 여행

#용수포구 #김대건신부 #요트투어 #차귀도

#바다에서바라본포구 #지질트레킹

용수포구 탐사 스토리

포구탐사대-서쪽 편의 마지막 활동, 용수포구에서 여유와 쉼을 주제로 탐사활동을 시작해 봅니다.

전형적인 어촌마을의 소규모 어항으로, 20척 미만의 어선이 정박하는 용수항은 현재 용수포구로 더 많이 불리고 있습니다.

제주올레 12코스의 종착지이자 13코스의 출발점인 이곳의 옛 이름은 쇠머리코지 자락에 있는 포구라 하여 '우두포'라 불렸다고 합니다.

제주도에서 가장 큰 무인도인 차귀도의 푸른 실루엣이 보이는 용수포구 바다에서 바라보는 포구를 느껴 보기 위해 요트를 타고, 차귀도와 용수포구 주위를 둘러봅니다.

한국 최초의 천주교 신부 김대건은 1845년 중국 상하이에서 사제서품을 받은 뒤 귀국하다가 풍랑을 만나 용수포구에 표착하였고, 이곳에서 고국땅 첫 미사를 봉헌했습니다.

천주교 제주교구는 이곳을 성지로 선포하고, 2006년 11월 포구 앞에 김대건 신부 표착기념관을 세웠으며, 2008년 9월에는 기념관 옆으로 기념성당을 조성하였습니다.

이처럼 역사적으로, 또 지질학적으로 가치가 있는 용수포구에서 사진과 그림, 시를 엮으며 마음의 여유와 쉼을 찾아갑니다.

나는 용수다

제주시 한경면 용수리에서 태어난 용수다

나는 많은 꿈을 품고 있는 용수다

태평양처럼 넓고 멋진 바다가 되고픈 용수

나의 바다 친구들에게 안락한 집을 주고픈 용수

언제나 누구든 마음의 안식을 찾아갈 수 있는

김대건 신부처럼 넓은 마음을 가진 용수

나의 꿈을 제주에 오는 모든 이들과 함께하고픈

나는 용수다

마지막 포구활동,

즐기는 날.

제주 포구이야기

제주 포구이야기

한라산의 수호신이 매바위로 변했다는 설화도 함께 전해 내려오고 있
는 바위.

- 그림 이한비

무엇이 그림이고, 무엇이 사진인가!

포구

포구는 거친 파도와 싸운 배들의 집이다
포구는 지친 어부들의 쉼터다

포구는 대륙으로 출발하는 시작이자 끝이다
포구는 새로운 희망이다

포구는 오늘도 아이들의 놀이터다
어린 아이들과 늙은 해녀에게
오늘도 포구는 삶의 터를 내어준다

용수포구의 탐사활동을 마지막으로 임무 완료하며

다음을 기약합니다~